D0941181

 Corre, corre, Mary, corre

Corre, corre, Mary, corre

por

N.M. Bodecker

Ilustrado por Erik Blegvad

Editorial Lumen

Título original: *Hurry, Hurry, Mary Dear*
Traducción: Ana María Moix

Publicado por Editorial Lumen, S.A.
Ramon Miquel i Planas, 10
08034, Barcelona

Primera edición: 2001

© Tumbledown, 1998
© de las ilustraciones: Erik Blegvad, 1998

Publicado con el acuerdo de Margaret K. McElderry Books,
una publicación de Simon & Schuster Children's Publishing Division.

Impreso en
EGEDSA,
Sabadell (Barcelona)

ISBN: 84-264-3749-4
Depósito Legal: B-29.144-2001

Printed in Spain

Corre, Mary, corre, el otoño se va
y el crudo invierno pronto llegará.

Ni un momento quieta debes estar,
¿no ves que nos vamos a congelar?

¡Diez bajo cero! ¡Qué frío hará!
La nieve todo lo cubrirá.

Recoge
manzanas

y haz
mermeladas

los arbolitos tala.

Planta luego nabos,

limpia los guisantes,

prepara melaza,

haz queso cuanto antes.

Bate mantequilla,

ahúma jamón,

recoge en la cesta
tomates maduros,

que luego en invierno
nos saquen de apuros.

Apila la leña,

habichuelas cuelga,

y con el mal tiempo,
fuera mosquiteras.

Corre las cortinas,
cierra las ventanas
por doquier el viento
se cuela con ganas.

Engrasa raquetas,

y aviva el fuego
sin quemar moquetas.

Zúrceme los guantes, haz jerséis de punto,

tráeme las gafas, y el correo, juntos.

Dame té caliente con azucarillos,
bollitos tostados con miel y membrillo.

Hazme donuts bien dorados…

¿Algo más, querido? ¿Estás muy cansado?

Sí, en invierno es dura la vida.

Corre, Mary,

corre, querida.

N. M. Bodecker nació en Dinamarca y estudió en la Escuela de Arquitectura y la Escuela de Artes Aplicadas de Copenhague. Más tarde se trasladó a Estados Unidos, donde se ganó la vida como ilustrador al tiempo que trabajaba en sus poemas en ratos libres. A partir de 1974 se dedicó exclusivamente a escribir e ilustrar sus propios trabajos. Merecedor de numerosos premios, Bodecker escribió quince libros e ilustró más de cuarenta antes de su muerte en 1988.

Erik Blegvad nació en Dinamarca y estudió en la Escuela de Artes Aplicadas de Copenhague, donde conoció al que sería su amigo y socio en Estados Unidos, N. M. Bodecker. Acabada la segunda guerra mundial, se trasladó a París, donde trabajó para diversas publicaciones. Blegvad ha ilustrado más de cien libros infantiles y ha colaborado en numerosas publicaciones. Reparte su tiempo entre Vermont y Londres. Las ilustraciones de este volumen, en las que da vida al poema escrito de Bodecker, constituyen un entrañable homenaje a la memoria de su viejo amigo y colaborador.